시가 따뜻해지면 좋겠다

시가 　따뜻해지면

좋겠다

'37에이커의　고독'에　온기를

| 이진신 |

시에 온기를

날씨 좋은 관광지에 많은 비가 내리던 날

비를 피해 골목을 지나 만난 집

메종 드 라 리떼라뛰르*

입장 제한을 의미하는 바리케이드는

이방인에게 관용을 베풀었고

들어가기를 허락받은 순간

바로 내 뒤에 서 있던 분이 먼저 가실 수 있게

길을 열어주었다.

비에 젖은 생쥐 할머니

우아한 빗방울이 만든 조명 아래에서

그렇게 한 시인**을 만났다.

시가 따뜻해지면 좋겠다

한국어를 모르는 그분과

불어를 모르는 나.

언어의 간극을 채워주는 따스한 교감

시인의 시가 문득 궁금해졌다.

"37에이커의 고독"***

곧 출간될 시집 제목

온화한 미소와 어울리지 않는

그 시에 담긴 고독의 깊이를 이야기한다.

어느 날,

태평양을 날아온 시인의 시집

파파고와 구글 번역기를 돌려본다.

시를 잘 알지 못하고,

잘 이해하지 못하는 언어로 쓰여 있지만

시인을 이해해 보고 싶어 읽고 있다.

서시

두 언어의 틈새는 대양을 건너가는 거리 같고,

그 바다에서 건져낸 시어를 이해하기 쉽지 않지만,

공감 어린 표정의 독자에게

시는 스스로 반짝여 이야기할 거라고

나는 생각했다.

그렇게 믿는다.

그러고 한 편씩 읽으며

아니, 해독하며

시어가 흘리는 이야기를 듣고 있다.

읽다가,

듣다가,

해독하다가

문득 그런 생각이 들었다.

그럴 수 있다면,

만약 그럴 수만 있다면,

시가 따뜻해지면 좋겠다

시가 좀 따뜻해지면 좋겠다.

시어가 동의해 준다면
슬픔에 젖은 시를 햇빛에 말리고,
구들장 위에 펼쳐놓고 데워주고 싶다.
답글 같은 나의 글이
외로운 시에
온기를 더할 수 있을까?

....

*   Maison de la littérature 문학의 집 : 퀘백의 문학 관련 공공도서관
**   Hélène Harbec(1946~) : 캐나다 시인
*** 《Retombées du désordre - 37 acres de solitude》(2023) by Hélène
     Harbec

차례

일상의 시

**노을의
시간**

시가 일상이
될
때

스테인드글라스

흘뿌려 놓은 시어들

날카로운 단면의 각성

단어를 잇는 여백에

상상력의 딱풀을 짜 넣는다.

깨진 유리들

모난 부분의 문지름

상처 난 조각이 만날 때

풀무의 온기를 불어넣는다.

빛을 투영하는 캔버스

다양한 색감의 붓질

작품에 담긴 작가의 혼을 짜내어

창문의 틀을 채운다.

스레인드글라스를 닮은

생각의 공백이 많은 시

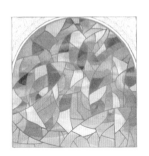

시가 일상이 될 때

해돋이, 인상파 시

단어를 흩뿌려 놓은 시

푸른 바다에 뿌려진 섬

작가의 어떤 생각이

시어의 위치를 결정하고

단어에 어울리는 채색을 했을까?

읽어도 이해되지 않는 의미

단어의 나열 앞에 길을 잃고

처음으로 돌아가 지도를 훑듯

글자의 걸음걸이를 이해하려다

글에서 풍겨 나오는 고단함과 외로움

여백에 묻어 있는 눈물과 한숨

시가 따뜻해지면 좋겠다

마침표 앞에 보이지 않게 적어둔

희망의 눈빛을 보게 될 때

읽으며 쉽게 이해할 수 있는 장르가 아니라,

시는 그림일 수도 있다는 생각을

해

　본

　　다.

활어^{活語} 잔치

오늘 하루라는 삶의 물결에서

단어 하나가 튀어 오른다.

황급히 물고기를 낚듯 잡는다.

한 단어, 또 한 단어

두세 단어를 잡다 보니, 하나의 문장이 된다.

고급 횟집에 순서대로 나오는 음식처럼

종이에 단어의 성찬이 차려진다.

일상과 전문의 영역을 잘 비벼놓고,

발효된 미사여구는 양념이 되었다.

파닥이는 활어처럼 글의 생명력은

감칠맛이 난다. 미각을 깨운다.

정물화 같은 글자에는 어떤 DNA가 있기에

생명력을 숨기고 있다가,

발견한 자의 심장을 뛰게 하는가.

피곤한 커피잔에 활기를 주는가.

시가 일상이 될 때

글의 탄생

단어의 씨앗이 머릿속에서 잉태될 때

입술은 침묵 속에

손은 자판 위에 대기한다.

생각과 기억이 이어진 9개월의 시간

구역감이 들지만, 나올 것은 없고

미성숙한 언어가 자라기만 한다.

생각이 자궁을 열고, 문장이 태어나려 할 때

지쳐있던 입술은 말소리를 토해내고,

대기하던 손은 글을 받아낸다.

시가 따뜻해지면 좋겠다

나는 동사다

허공에 떠 있는 무용수
한껏 뻗은 다리와 미소진 얼굴

온 힘을 다해 이뤄낸 비행
그 찰나를 찍어낸 순간

역동적이나 정지한 주인공
멈춰있지만 심장은 뛰는 시간

사진첩 한 페이지에서 만난
이 작품의 제목은,
나는 동사다.

시에서 기억을 빼 보세요

이 사진 책을 발견한 곳은 어느 도서관이에요.

뉴욕공공도서관의 기념품 가게 안에 있는

작은 서점이었을 거예요.

삶이

삶의 한순간이

멈춘 것처럼 보이지만

계속 나아가는 모습임을

"나는 동사다." 한 문장으로

정리되는 듯해서 감동이 몰려왔어요.

다시 그곳을 방문했을 때, 그 책이 있나 찾아봤어요.

살 수 있을 때 사지 못해 안타까웠어요.

책값이 너무 비싸 안 사길 잘했다고

스스로 위로하는 말을 건넸어요.

시가 따뜻해지면 좋겠다

아쉽지만, 그래서 더 오래

기억하는지

…

‥

.

소유하지 못했기에

사자 두 마리*가 따뜻이 기억되고

작품과 만난 그 찰나가 더 소중히 여겨지며

이렇게 글을 쓰는 동력이 되었을 거예요.

그 책을 샀다면 이토록 오랫동안

기억하지 못했을 것 같아요.

원하는 것을 얻은 안도감에

기억하려 애쓰지 않고

책장에 모셔뒀겠죠.

때론 안도감보다

그리움이

시가 돼요.

시에서 기억을 빼 보세요.

그리움이 남아요.

* 뉴욕공공도서관 정문에 있는 두 마리의 사자 조각상

시 탄생의 비밀

시집이 하늘을 날아옵니다.
여러 편의 씨앗이 뿌려지고,
독자의 마음에 착상되어,
새로운 시들이 탄생합니다.

마음에 뿌리내린 시앗[*]은
푸릇한 이파리를 내밀고
책이 반사하는 빛에 빚어지며
시간의 미풍을 받으며 성장합니다.

훈련되지 않은 발걸음으로
단어의 풀밭을 아장일 때에는
어미 시어가 공급한 산소를 마시며
가냘픈 다리에 근육을 붙입니다.

그렇게 자란 한 편 한 편이

함께 모여 대형**을 갖추고,

비행을 준비합니다.

잘 날아오를 수 있을까요?

시인의 심장에서 태어난 시는

제 마음에 잠시 들렀다가

갓 태어난 시들을 이끌고

새로운 항해를 시작합니다.

....

* '시의 씨앗'이라는 의미의 의도적 오자
** 새들이 대형을 갖추이 이동하는 모습(murmuration)

시가 따뜻해지면 좋겠다

Humaine Vagabonde

도시의 풍경은
흐린 바다 밑에 숨어 있던 진주가
격랑에 휩싸여 방황하다가
구름 뒤에 자리 잡은 듯 젖어있다.

군인들의 땀을 식히던 시원한 바람이
떨고 있던 진줏빛 눈물과 만났을 때
평온한 고원의 풀잎에는 핏빛 방울이 떨어졌고
오늘의 이슬로 다시 피었다.

빗줄기가 제법 거세지며,
아브라함 평원에서 이어진 테라스*를 거쳐
지식의 이슬을 모아 만든 책이 머무는 곳,
문학의 집**으로 발길을 돌린다.

시가 일상이 될 때

눅눅한 날씨와 무거운 분위기는

화사한 집 안을 소개하기 위한 완벽한 장치였을까.

높은 천장은 독자의 호흡을 평안히 이끌고

넓은 창은 빛을 넉넉한 마음으로 받아들이게 한다.

정렬된 수많은 책 중에 한 권이 내 손에 떨어졌다.

몇만 권의 장서 가운데 내 손에 쥐어진 한 권의 시집.[***]

낙엽을 손으로 잡아낸 도깨비 속 소녀의 미소처럼

나는 웃고 있다.

....

*   Dufferin Terrace(뒤프렝 테라스)

**   Maison de la littérature(문학의 집)

*** 《Humaine Vagabonde(방랑자)》(2016) by Hélène Harbec

도서관의 초대

수많은 책이 입주한 도서관
살아 숨 쉬는 작품의 호흡,
통창을 관통한 빛의 활자는
낡은 벽에 생기를 불어넣는다.

서가의 책들은
양장의 옷을 입고
서로 등을 기대며
깊은 겨울잠을 자고 있다.

그곳에 초대된 자 있으니,
제목에 눈길이 멈춰 뻗은 손
잠자는 숲속 책을 향한 키스

두 눈을 열고 기지개 펼친 책

꽃을 피우고 바람을 불게 한다.

향기로운 책에 이끌려

작가가 요리한 성찬을 누리고

도서관 벽에 그림자 길게 누이며

책의 옆자리를 차지한다.

한참을 우두커니 서 있다가

주인공을 품에 안고 춤을 추니

조명은 환히 켜지고

심장 박동은 빨라져 간다.

생명을 시어로 삼은 시인

예의 없는 빗방울이 강물을 공격합니다.

우산을 방패처럼 쓰지 않았다면 하늘을 볼 수 없을 정

도입니다.

영화 〈300〉의 용사들이 방패를 준비했을 때,

페르시아의 군사들이 쏜 화살이 이러했을까요?

온몸을 흠뻑 젖게 하는 물방울은

구름으로부터 자유를 얻고자 도피했을 수도 있고

하늘로부터 이주 행렬에 동참했을 수도 있겠네요.

강력한 공격을 받은 강물은 흔들립니다.

바다처럼 출렁이며 일렁이며

충격을 받은 듯 휘청이지만

묵묵히 제 갈 길을 갑니다.

시가 일상이 될 때

강은 자신의 삶을 통해 흘렀고

수많은 공격을 받아들였으며

마침내 나이아가라에 도달해

장엄한 폭포가 되었습니다.

폭포 곁의 많은 관광객은

상처를 싸매며 살아온 강의 물보라에 경탄하고,

웅장함에 놀래며

저마다의 스냅-샷을 찍습니다.

그 셀카의 뒤편으로 새 한 마리가 올라옵니다.

연어도 아닌 것이 죽음의 폭포를 뚫고 올라옵니다.

샘물이건 작은 개울이건 하늘에서 바로 떨어진 물방

울이건

폭포에서의 낙하를 피할 수 없는데,

독수리 날개 치듯 오르는 부활의 물줄기는

죽음을 거슬러 오르는 듯합니다.

비상하는 날갯짓은

부활의 가능성을 열어준

한 시인의 삶을 떠올리게 합니다.

수많은 시인이 속박된 삶을 극복하려

펜으로 자유를 외쳤으나

허공에 뜬 아름다운 물보라로 남았습니다.

하지만, 천상시인이 이 땅에서 펼친 날개는

강의 고도를 넘어 하늘을 향했습니다.

생명을 시어로 삼은 시인은

떨어지는 폭포로 결론지어지는 우리의 삶에

생명의 길을 열었습니다.

시가 따뜻해지면 좋겠다

시어에 올라타 서핑하기

바람 부는 활자의 바다
파도치는 타이핑 소리

보글보글 끓는 단어의 요리
잘 익어 나를 기쁘게 하는 문장들

바다에서 탄생하고 파도가 빚은,
시간을 갈아 써 내려간 시어들

잘 쓴 글 같아 기쁜 마음으로 읽었는데
머릿속 명문장은 오간 데 없고

배가 볼록 나왔네.
배만 볼록 나왔네.

A4의 해변,

시어에 올라타 서핑하기

시가 따뜻해지면 좋겠다

A4의 백사장, 글이 사라지는 이유

날개도 없는 시의 영감은
펜대의 파닥임을 외면하지 못하고
시인의 원고지에 흔적을 남긴다.

발 없는 파도의 넘치는 물방울은
해변에 새겨진 수많은 이야기를
한 번 듣고 쓱싹 지워버린다.

내 상상력은 왜 시인의 영감이 넘쳐나는
와이파이 주소를 잡지 못하고
파도의 물거품에만 접속되는가?

어제와 오늘이 만나는 시간의 해변에 앉아
조용히 적어 내려간 나의 글은
새벽 파도의 포효 앞에 빈 종이가 되는가?

땡땡 꽃 필 무렵

어느 날, 한 그루의 나무가 서 있습니다.

이름을 불러주면 내게로 와서 꽃이 될까,

Hi 정도의 인사만 건네봅니다.

삐쭉 내민 잎이 서운한지 바람에 흔들리는데,

괜스레 미안한 마음에 소인국 사람이 되어

착륙할 잎사귀가 있는지 찾아봅니다.

편안히 내려앉기엔 짧은 활주로 덕분에

헬리콥터가 내려앉듯 사알짝 내려앉습니다.

초대받지 않은 잎에 올라앉은 제 무색함 때문에

괜히 줄기에 한 팔을 올리고 괜찮은 척하며 서 있는데,

지하에서 끌어올린 물소리가 힘차게 올라갑니다.

시가 따뜻해지면 좋겠다

가까이에서 보지 않았더라면 몰랐을

앙증맞은 손 같은 잎자루가

손을 흔들듯 하늘로 뻗어있고,

그렇게 삐죽인 입술에는 미소가 내려앉습니다.

한창인 축제의 한 장면이

나무의 내면에서 벌어지고 있는데,

피날레를 장식할 꽃은 언제쯤 도착할까요?

벚꽃이 피는 현장, 검거 실패

꽃이 피는 순간을 목격하려고
월차를 내고 왔습니다.
분명 제가 온다고 예약까지 했는데
이미 피었답니다.

보통 펑크는 고객이 내지 않나요?
분한 마음에 현장으로 달려갑니다.
왜 예상보다 일찍 도착했는지
알아야겠어요.

봄의 입국 소식에 쏟아져나올 인파를 피해
은밀히 입국장에 들어왔다는 루머.
많은 사람이 뿜어내는 공기가 탁해서
새봄 증후군 같은 아토피 증세가 올라올까 그랬다는

찌라시.

예약 시간이 오픈되지도 않은 새벽의 공기를 타고 들

어온 정확한 이유를

소속사에서 밝히지 않았습니다.

꽃이 피는 시기는 늘 시험 기간 직전이었고

시험 기간엔 꼭 비가 내렸습니다.

도서관을 향하던 길바닥에는

이슬에 취한 꽃잎이 누워있었고,

꽃술을 토해낸 흔적이 코를 찔렀습니다.

속사포 봄비의 랩은

쇼 미 더 봄꽃의 팬심을 짓밟았습니다.

분주한 발자국은 꽃비를 지나갑니다.

꿈꾸는 이들의 마음속에만 핀다던 봄은

그렇게 소리 없이 왔다가 갑니다.

이렇게 6년인가 7년 동안을

봄은 습관처럼 지나갔습니다.

박제된 벚꽃, 20대의 봄

벚꽃이 피는 현장, 검거 실패

봄비의 질투가 벚꽃의 단명에 미치는
정서적 손실에 관한 보고서

잠시 등장하는 봄꽃은

무슨 매력을 지녔기에

누구나 밖으로 나오게 하는가

벚꽃은 누구의 벗이기에

바라보는 이의 얼굴에

미소를 잔뜩 불러내나

비는 뭐가 그리 급해서

웃음꽃들의 대기 줄을 못 기다리고

그 사이를 비집고 들어오는가

구름에 웨이팅 앱을 깔면

봄비가 좀 기다려 줄까

벚꽃을 며칠 더 머물게 할 수 있으려나

시가 따뜻해지면 좋겠다

벚꽃의 귀환, 꽃길을 걸으며

빨간 진주로 장식한 눈송이는
회색 태양을 배경으로 띈 미소

바람에 흩날리는 설렘의 여정은
눈꽃이 봄되어 날리는 신비

쓸쓸한 낙엽의 떠남은 잊어버리고
벚꽃의 귀국을 알리는 환희의 송가

이 길을 걸으라 응원만 가득한 시간
내 삶은 누군가의 꽃길이 될 수 있을까?

시가 일상이 될 때

내린 눈 위에 눈이 또 내리듯
힘듦 위에 어려움이 내립니다.

설상가상

예수님 위에 성령님이 내려오면
사랑 위에 사랑이 쌓입니다.

은혜 위에 은혜

눈 덮인 눈 위에 내려앉은
온화한 햇살 한 조각

시가 따뜻해지면 좋겠다

꿀벌의 비행

검은 꿀벌이 열 손가락을 내밀고 급하고 빠른 소리를
냅니다.

주변 사람들의 눈이 동그랗게 커진 것에는 관심도 없
는 듯

달리는 말에 채찍을 가하듯 더 빠른 속도로 달립니다.

달리고 소리 지르고 날아갈 듯 움직이더니

꿀송이처럼 달콤한 음악을 만들어 냅니다.

기지개 켜듯 날갯짓 한 번 하고는

청중을 향한 인사를 대신합니다.

림스키코르사코프

꿀벌의 비행

피아노

현정

임

시가 일상이 될 때

ㅈ
ㅣ
ⅴ
ㅅ
ㅣ
ⅴ

시가 따뜻해지면 좋겠다

다리우스 미요

목가적인 선율을 그리기 위해
붓이 된 활이 네 개의 현 위에 서 있다.

피아노가 시냇물을 흐르게 하면
현의 마찰이 잎사귀를 그려낸다.
셋잇단음표 속에 샘물이 솟으면
스타카토 병아리가 아장거리고
청중의 꼴깍 침 넘김 소리
홀 안을 가득 메운다.

바이올린에 올라탄 악보의 항해
왼손이 조정하는 방향타에 의지하고,
노젓는 활이 음표의 물결을 쉼 없이 저으면
음악의 물줄기는 피아노 건반 위로 튀어 오른다.

작곡가의 디렉션을 소화해 낸

두 악기의 멋진 연기는

풍경화 속을 거닐다가 마시는 생수의 시원함이요

심장의 비브라토를 경험케 하는 짜릿함이다.

한 폭의 연주를 박수로 마무리하자니

앙코르 연주로 고향의 봄을 선사한다.

프로방스의 전원에서 출발해

고향의 봄에 도착한 마음은

평안한 생기를 감싸고

그리움을 적시며

음악이 된다.

다리우스 미요[*]

시가 따뜻해지면 좋겠다

바이올린

피아노

감동

. . . .

*   다리우스 미요(Darius Milhaud) : 프랑스의 고전음악 작곡가

The Painted Life[*]

The contents about watercolors and oil paintings were very impressive.

If one aspect of our fragile lives is like watercolor painting, then the other side that we can recover is like oil painting. Despite the fragility of life (watercolor painting), I realized once again that God has blessed with the grace to restore it (oil painting).

I was so happy to attend your valuable lecture.
J.S.

....

[*] 미국 화가 Sharon Dwyer Buzard의 "Watercolors as a Lady's Past-time"(2019) 강연을 듣고서 작가에게 보낸 편지

네 마리 새, 장욱진[*]

한지에 녹아내린 먹의 땀방울
웅장한 산으로 태어나고
향을 머금은 나무가 된다.

회색빛 그림 속 담겨있는 풍경은
기개 외로움 한이었는데
툭- 하고 그 감정을 담은 감이 떨어지고
네 마리 새들이 줄지어 날아간다.

단조로운 색 속에 피어난
화려한 비상은 이야기가 되고
날갯짓이 일으킨 바람은 꽃을 피운다.

묵향이 이야기를 풀어낼 때

지친 내 눈도 밝게 채색된다.

네 마리 새가 날아가는

산과 나무와 강

....

* 국립현대미술관 "가장 진지한 고백: 장욱진 회고전"(2023)을 다녀와서

시가 따뜻해지면 좋겠다

일상의
시

속담에 묻어 있는, 오늘의 풍경

낮말은 새가 듣고
밤말은 쥐가 듣는다.

소식을 전하던 새, 전서구는
허공을 떠다니는 전파가 되었고,

냥이의 귀를 쫑긋하게 하던 서생은
지직거리는 전류의 속삭임이 되었다.

영어식 삶

옷장의 서랍

영어로는 drawer

우리말로는 빼닫이

영어로는 여는 의미만 있으나

한글로는 여닫는 과정이 다 포함된 단어*

옷장을 열어젖히고

잘 닫지 않는 나는

영어식인가?

건물을 빠르게 올라가게 하는 것의

영어 이름은 에스컬레이터

우리말은 승강기**

오르기만 하려는

인간의 욕망은 또

영어식인가?

....

*   이어령, 《지성에서 영성으로》(2017)
**   이어령, 《지성에서 영싱으로》(2017)

카페 속 도서관

귀를 스치며 음악이 흐르는 공간
작은 목소리를 찻잔에 담고,
피아니시모로 대화를 나눈다.

스피커의 뒤편에 자리 잡은 사람들
책과 전자기기를 바라보며
혼자만의 세계에 빠져든다.

주문하는 이들도 말수를 줄이고
핸드폰을 흔들고 있으며
앱으로 소통하는 법을 배운다.

활기찬 커피만 입을 열고
우유에 젖어 든다.
미소를 머금은 채

일상의 시

귀술의 전당

나른한 오후 같은 음악이
축음기 모양의 내 귓불에 쪼르르 담긴다.

LP에서 긁으며 생산된 음악은 추억이 되었으나,
스피커에서 귀까지의 무전여행은 아직 유효하다.

이어폰의 등장으로 빨라진 귀로의 여정
취향에 맞춘 구성, 자신만의 스피커로
1인분의 음악을 온전히 누린다.

음악의 찻잔이 된 귀의 축음기에는
귓속 스피커에서의 연주가 흐르고
한 잔 두 잔의 마음이 담긴다.

시가 따뜻해지면 좋겠다

기술이 변신시킨 음악 감상의 풍경,

귀술의 전당

일상의 시

가스 대장 붕붕이

우리는 모두 책상에 앉아 있습니다.
음악. 큰 소리가 공기를 찢습니다.
웃음의 파편이 울려 퍼지고,
당혹한 미소들이 넘쳐납니다.

코끝을 울리는 그 미소 덕분에
머리를 지끈거리게 했던 압력이 풀리고,
장을 막고 있던 장벽이 무너졌습니다.

식사 후 만들어진 몇 시간의 가스가
몸 밖으로 나가는 순간
숨은 편해지고
생기가 돕니다.

시가 따뜻해지면 좋겠다

내 몸의 공기청정기,

가스 대장 붕붕이

일상의 시

다리 떨지 마

책상에 고정된 양 팔
의자를 덮은 엉덩이
온종일 구겨진 종아리
인내로 감싸인 몸

활자를 쫓아다니는 두 눈
모은 정보를 받아들이는 머리
한 귀엔 강의, 다른 한 귀엔 음악
살아있는 건 눈과 귀

호흡은 몸의 정적에 리듬감을 부여하고
심장의 비트는 피곤한 머리를 깨운다.
다리를 떨고 있는 건,
몸과 머리를 움직이는 발전기

시가 따뜻해지면 좋겠다

손이 떨리면 피곤해서라 걱정하고,

발을 떨면 남에게 스트레스 준다며 염려한다.

발의 리듬이 인내로 굳은 몸에

생기를 불어넣고 있는 중

다리 떨지 마

아냐! 떨어도 돼!

일상의 시

디지털 시대의 발달과 아리랑의 발병 간의 상관관계에 관한 고찰

진열장에서 보던 상품들이
Windows 위에 떠다닌다.
상품을 보러 달려가던 발걸음은
온데간데없고, 바쁜 손가락만
쇼핑의 설렘을 실현한다.

안경을 관통한 눈빛이
모니터를 뚫고 온 디자인과 만나고
자신에게 맞춰진 이미지를 상상한 뒤
구매 버튼을 클릭한다.

장터 시장 마트를 누비던 발은
한직으로 발령받고

시가 따뜻해지면 좋겠다

현관 앞까지 배달 온 물건을

옮기는 정도만 담당한다.

디지털 혁신은

삶에 편리함을 안겨 줬지만

눈과 목덜미를 과로하게 하고,

손가락 관절을 야근에 시달리게 했다.

달려야 하는 발을 방구석으로 좌천시켰고

십 리도 걷지 못하게 만들었으니

발병이 나게 만든 주범일까?

족저근막염 탄생 신화

스마트해진 세상

십 리도 못 걷는 하루 덕분에

운동은 부족해지고

발병은 잘 납니다.

10리를 꾸준히 걸으면 괜찮아질까요.

10리는 4km

걷는 걸음이 보통 시속 4km/h이니까

하루에 한 시간 정도만 걸으면 되는 거리

자연스러운 보폭과 적당한 팔의 리듬

노이즈 켄슬링 이어폰과

스마트 와치까지

준비 완료~

자 이제 시작해 보겠습니다.

3-2-1

출발!

악!

일상의 시

팔자걸음의 시작

삐끗한 발목이 통증을 피해 도망가고 있어요.
종아리 근육이 길을 비켜주고 있고요,
고관절은 시선을 피할 수 있게 숨겨줘요.

어디 숨었을까요?
통증이 순사처럼 들쑤셔요.
발목이 자수하면 좋을 텐데

원인 제공자는 모르쇠 딴청 피우고
팔자걸음을 장착한 새로운 발걸음은
안 아픈 척 연기에 성공한 것 같아요.

통증에 직면할 때
도망이 최선이 아닐 수 있음은
팔자가 바뀐 후에나 알까요?

시가 따뜻해지면 좋겠다

NO PAIN ZONE

본 적도 없는 질병들이

문턱을 넘으려 몰려온다.

예약도 없이 찾아온 고통들아

대기하고 있으라.

좋은 기운으로 만석이니

기다리고 또 기다려라.

내 삶은 정기로 가득 찼다.

기다리다 그냥 돌아가라.

너를 위한 자리는 없다.

NO PAIN ZONE

Chim'n Roll!

곧은 침들이 구름 속을 떠다니다가

뒤엉킨 대지 위에 비처럼 음악처럼 내린다.

엉켜서 굳어버린 근육과 근막은

빗방울의 터치에, 샤우팅 창법으로 반응한다.

비는 음악이 되고,

황무지엔 윤기가 돋는다.

내일 또 비 맞으러 오세요~

Chim'n Roll! 베이베~!!

시가 따뜻해지면 좋겠다

침의 시간

불법체류 중인 질병은 떠나야 하고,
방랑자 면역은 돌아와야 합니다.

눈 크게 뜨고 잘 지켜보세요.
깜짝 놀라 꽁무니 빼는 고통 말이에요.

눈 꼭 감고 잘 느껴보세요.
내 안에서 샘솟는 기운 말이에요.

따끔
작은 생명력이 회복되는 순간!

일상의 시

12시에 만나요

침과 침이 마주치는 시간
분주한 걸음을 걷는다.
인사를 나눌 여유도 없이
또각또각
초를 다툰다.

무거운 발걸음을 옮기는 분은
동생이 한 번 지나칠 때만
한 걸음씩 옮긴다.
서두르지도 느리지도 않은
그분만의 속도다.

어깨가 무거운 큰 형은
행보에 주의를 기울인다.

시가 따뜻해지면 좋겠다

초를 달리는 빠른 걸음과

절도있게 걷는 분과는 다르다.

변화를 두려워하는 게 분명하다.

체질 탓일까?

한 배에서 나왔는데 어찌 이리도 다를까?

하루 두 번 삼 형제가 만나지만,

만나 반가움은 포옹 한 번이 끝이다.

그 1초를 위해 다 함께 달린다.

12시에 만나요

나도 왈왈!!

매일 걷는 길
두려움이 뒤뚱이며
걸어온다.

어린 시절의 공포는
오늘의 화해와
마주친다.

도전!
오른손을 살며시
내민다.

멍멍!
강아지는 아직 내가
무섭다.

시가 따뜻해지면 좋겠다

금지! 고성방가!

호흡이 지나가는 길은 폭풍전야

모든 준비를 마쳤다.

엄지발가락이 박차고 올려보낸 기운은

배에서 한 호흡을 이룬다.

살금살금 올라가 쇄골에 닿을 즈음

갈비뼈는 소리를 머금은 하프다.

떨리기 시작한다.

가슴 속 호흡은 성대를 울리고,

소리를 담은 성악가의 숨결은 음악이 된다.

사람의 음성을 공명에 실어 우주로 띄우면

머리 위 팡테옹은 전율을 느끼고

잠든 밤하늘엔 놀란 토끼가 뜬다.

성대의 떨림과 복식호흡의 콜라보는

주변 소리를 조용히 잠재우고

토끼해 첫날, 새해를 맞이한 기쁨을 노래한다.

토끼! 방가방가!

금지! 고성방가!

시가 따뜻해지면 좋겠다

대화의 하모니

크레셴도 되는 음성과

데크레셴도 된 마음이

어우러진다.

다른 악기 소리를 못 듣는 선택적 난청은

화려한 불협화음이 되고

청중은 서로 눈치만 본다.

모든 대화는 피아니시모로

포르티시모가 필요할 땐

이쁜 소리로만

한 송이 부모가 되기 위해

아이들이 제 목소리를 낼 수 있어서 보기 좋아요.
제발 말 좀 들었으면 좋겠어요.

아가들이 독립적으로 자라니 얼마나 좋아요?
독창적으로 대들어서 너무 힘들어요.

자녀들이 잘 자라니, 부모도 그만큼 성장해야 해요.
자녀를 더 잘 품을 수 있게 마음이 커져야 하는데….
마음이 더 크려고 심장은 그렇게도 뛰고,
가슴은 그렇게 한숨을 해댔나 보네요.

한 송이 부모가 되기 위해
가슴 속 소쩍새는 그리 울었나 봐요.

시가 따뜻해지면 좋겠다

날씬이의 비만 언어

칼로리가 제 몸 안에 지방을 남겨준 것 같아요.

생명을 위해 필요하다는 과학적 이야기에 굴복하고

싶지 않아요.

곡기를 끊을 듯한 제 방법이 극단적이진 않잖아요?

저는 그렇게 생각하지 않아요.

그들이 말하는 좋은 다이어트는 제게 안 맞아요.

사람들은 저를 날씬하다고 하는데,

저는 그들의 시선에 동의할 수 없어요.

너무 무겁고 뚱뚱해요.

제 마음 아시……지요?

아니 모를 수도 있으시겠네요.

날씬이의 비만 언어

해독 불가

머리로만 다이어트

제 잎에 계신 분은 다이어트에 도움 되는 식단에 관해
이야기하고 있습니다.
청산유수입니다. 지난번에도 그랬듯이.
박사님 같아요.

저는 그의 식탁에 앉아 말씀하신 식단대로 먹고 있습
니다.
얼마나 건강해질까요?
얼마나 날씬해질까요?
맛있게 잘 먹겠습니다.

그런데 안 드시고 어디 가세요?

말을 많이 해서 그런지 배가 매우 고프네요.

시가 따뜻해지면 좋겠다

뭐 좀 먹고 올 테니 그 식단은 저 대신 드세요.

알고 있는 것만으론 나를 변화시킬 수 없어요.

아는 것처럼 살아야, 바라는 모습이 될 수 있어요.

한 손엔 치킨을

한 손엔 비만약을

요요의 변명들

나는 걷는다. 가끔
돌아다닌다. 어쩌다
산책도 한다. 조금씩
무미건조한 말의 운동

헬스장 다닐거예~Yo!
요가도 배울려구~Yo!
필라테스 할거에~Yo!
희망에 찬 빛난 계획

시가 따뜻해지면 좋겠다

꿈꾸는 진료실 여행

건물의 계단을 올라가서 우회전 한 번 좌회전 한 번

다섯 걸음 정도 걷고 나서 익숙한 향이 느껴지면

문을 열어보세요.

약재들이 끌고 온 토양의 흙냄새와

잎사귀에 묻어온 신선함이

코를 뻥 뚫고 머리를 시원하게 할 거예요.

환하게 맞아주는 접수 데스크에서

성함과 생년월일을 적어주세요.

그리고 나서가 중요한데요,

가지고 온 질병들은

주머니에서 다 꺼내어 옆에 있는 바구니에 넣어주세요.

일상의 시

공항에서 경험해 본 적 있으시죠?

삐 소리 나면 안 되니,

아픈 거 다 내려놓으셔야 해요.

손을 옆으로 나란히 하시고요.

침놓는 동안 가만히 계세요.

내려놓은 자기 짐 그냥 두시고요.

벗어 놓은 짜증,

주머니에 있던 화병은

잊어버리고 가세요.

눈 깜짝하면, 질병이

당신의 몸에서의 여정을 마치고,

출국할 거예요.

그러니, 당신은
바구니에 둔 짐을 다시 챙겨서
다시 주머니에 넣을 생각 마시고
가벼운 마음으로 출발하세요.

남은 여정 즐거운 여행 되시고요.

노을의
시간

비빔밥을 비비며

하루의 허기가 만나는 풍경

밥알이 노을에 젖어 드는 시간

붉게 물든 대지가 아삭 씹히는 순간

시가 따뜻해지면 좋겠다

퇴근길 접어들 때

휴가의 끝에 집으로 가는 길

일상의 풍경이지만 사뭇 다른 빛깔

늘 보는 길에 투영된 즐거움

여행지에서의 설렘이 따라온다.

오늘의 일상은 하루짜리 여정

출근길에 미소를 입히고

여행하듯 하루의 업무를 즐기면

휘파람을 흥얼거리며 퇴근할 수 있을까?

파도와 건배를

파도의 리듬에 의지한 호흡

거친 심장의 박동을 진정시키고

하늘과 맞닿은 대양의 넓은 품

불안한 눈망울을 포근히 감싸며

해변에 울려 퍼지는 웅장한 파도 소리

분주한 일상의 볼륨을 줄인다.

긴 여정의 종착지는 해변의 외로운 발자국

피로에 짓눌러진 삶에 새살 돋게 하고,

옴폭 파인 생채기에 생기를 준 물방울

본인도 새 힘을 얻어 출발을 준비하는데,

시가 따뜻해지면 좋겠다

시원한 건배로 시작된 바다와의 만남

다시 따뜻해진 마음의 파도만 남았다.

노을의 시간

파도의 땀방울

넉넉한 품을 지닌 잔잔한 바다와
일상의 헐떡임을 닮은 성질 급한 파도가
공존하는 곳

멀리서 보면 평온해 보이지만
다가서면 치열한 현장

땀내 나는 하루를 살아낸 이들이
동질감을 느끼는 이유는
파도의 눈에서 튄 땀방울 때문이다.

보이지 않는 어딘가에서 출발해
내 앞에서 멈춰선 바다
거친 하루를 마친 이에게
물보라가 건배를 외친다.

시가 따뜻해지면 좋겠다

파도를 만난다

파도 파도 답이 없을 땐

파도를 만난다

노을의 시간

내 이름은 파래

태양의 온기가 닿지 않는 곳
차가운 물의 압력이 빚어낸 생명력

푸른 블루스 감성에 젖어
진한 향 은은히 풀어내는 청춘

파도가 연주하는 리듬에 취해
자유로운 열정이 춤추는 머릿결

바닷속 비밀을 끝없이 들려주는
너를 뭐라고 부르면 좋을까?

시가 따뜻해지면 좋겠다

시간의 해변에서 글쓰기

날개 없는 상상력이 고독에 젖은 시인에게 정확히 찾
아오는 까닭은
날지 못한 펜대의 날갯짓을 외면하지 못하는 너그러
움 때문인가?

발 없는 물방울이 외로운 발자국을 정확히 찾아오는
이유는
해변에 서 있는 발자국의 짠 내에 흔들리는 파도의 연
민 때문일까?

파도 파도 끝없는 삶의 이유를
파도가 들려주는 수많은 이야기에서 찾을 수 있을까?

육지와 바다의 경계에

해변이라는 오작교가 없었다면

육지의 열기를 어떻게 식힐 수 있으며

차가운 바다에 온기는 또 어찌 전할 수 있었겠는가?

나는 왜 낮과 밤이 만나는 시간의 해변에서 이 글을 쓰
고 있는가?

시가 따뜻해지면 좋겠다

흔들리는 불멍 속에서

불의 춤

생각의 댄스

마른 가지의 탭댄스

연기의 군무

사그라듦의 비보잉

밤의 피날레

바람의 체질

내게로 다가왔다가

한 번 휘감고 간다.

왔던 곳으로 돌아가는 것인지

나를 지나쳐서 어디로 가는지

어디서 출발해서

얼마나 먼 여정이 남았는지

세 손가락을 펼쳐 맥을 짚어본다.

오는 길은 힘들지 않았어?

싱긋 웃고 말이 없다.

피곤이 묻어 있는 얼굴에는

말하기 싫은 표정이 감춰 있다.

황급히 떠나간다.

쏜살같이 가는 것은 시간만의 특징이라 생각했는데,

미련 없이 냉정한 것은 바람도 마찬가지다.

잠시 머물러 인사 한마디 하기가 그리도 어렵나.

열대의 소식을 간혹 전해주기도 하지만

주로 차갑거나 냉정하다.

무더위가 난무하는 여름에는 냉수 같은 존재

미지근할 때는 오히려 매력이 떨어지니

시원할 때가 그나마 낫다.

하루라는 성벽에 갇혀 지내다가

성문을 열고 퇴근하는 이에게 바람을 처방하면

청량감을 느낀다.

지친 하루를 씻어낸다.

노을의 시간

오늘의 퇴근길에도

내 발걸음에 바람이 스친다.

Cobbs Hill[*] 언덕에서

빙하 시대에 불어왔던 바람

그 바람이 빚어낸 언덕

시민의 생수를 저장한 호수

잔잔한 물결에 평안해진 도시의 불빛

그 속을 걷고 있다.

태양빛과 안개등의 교대 시간

낮의 걸음과 저녁 그림자의 공존

태곳적 바람과 일몰이 만나는 순간

풍경 속 녹아든 내 실루엣

그림 속을 달리기 시작한다.

....

*　미국 뉴욕주 로체스터에 있는 공원

손을 펼쳐 주세요

로마에서 휴일을 보낼 때는
사자상의 입에 손을 넣지 마세요.
손이 사라질 수도 있어요.

가을이 머무는 길 위에서
차창 밖으로 손을 내밀지 마세요.
계절을 스치는 바람결에 날아갈지 모르니

인생의 낙엽길을 거닐다가
     손가락에서 굳은 세월이 느껴지면
손바닥을 펼쳐
     잎에 흩날리는 바람을 느껴보세요.
손에 내려앉아 뻣뻣해진
     시간의 흔적이 날아갈지도 모르니

시가 따뜻해지면 좋겠다

새로운 계절

노을이 붉게 내려앉은 뺨
잔잔한 호수의 마음이 요동친다.

심장에 녹아내린 불덩이
식은땀이 등줄기에 폭포 같다.

피로에 젖은 몸은 천근만근
잠 못 이루는 눈은 말똥말똥

청춘이 가을 햇살에 익어가는 날
두근두근 새롭게 맞이하는 계절

새로운 계절, 갱년기

마지막 잎새

나뭇가지의 체질을 알고 싶어
식사는 잘하시는지 물어본다.

햇빛도 잘 받아먹고
맑은 지하수도 잘 마시고 있어요.

하늘과 땅의 좋은 기운을 잘 받아들이니
안색이 좋아야 할 텐데

얇아진 잎사귀에 덮인 눈송이는
바람의 부채질에 흩날리고
봄날에 빛나던 잎새의 피부는
새의 발톱이 남긴 상처가 가득하다.

바스락 부서질 듯 연약한 손목에 맥을 짚어보니

지하수에 끓는 태양을 담가둔 듯 타들어 가고 있다.

그래도 맥은 잘 뛴다. 아직은

바람이 눈물을 스치고

새가 작별 인사하는 순간

노을의 시간

가을의 시

세상을 호령하던 여름의 열기가

주눅든 시간

가을이 하늘에 녹아내리면

시원한 바람이 대지에 불어요.

계절 사이의 힘겨루기에

비와 바람이 일으킨 태풍

떠나야 할 여름과 다가올 가을이

팽팽히 맞서고 있어요.

그렇게 젊음을 보내기 싫어하는 마음과

낙엽같이 약해지는 몸의 시간은

화려한 의복으로도 감출 수 없음을

바스락거림 속에서 깨닫습니다.

시가 따뜻해지면 좋겠다

이 가을, 낙엽을 경쾌하게 밟으며

힘을 좀 내 볼까요?

노을의 시간

시리얼이 우유를 만날 때

땅의 언어는 쌀, 보리, 곡류다.
하늘에서 눈이 축축하게 내리면,
땅을 적시고, 눅눅히 젖어서
든든한 아침이 된다.

들판의 곡식이 가을을 빛내고
하얀 우유 송이가 축포를 쏠 때
가을 들판은 겨울의 눈과 비에
한없이 젖어 든다.

시가 따뜻해지면 좋겠다

우유 빙수

부드럽게 떨어지는 눈송이
춤추듯 경쾌한 스텝으로
대지의 반죽에 뿌려진 토핑이다.

우주를 유영하는 별송이
기류에 표류하듯 넘실거리며
하얀 땅을 포근히 덮은 온기이다.

이미 도착해 기다리던 눈은
땅에 젖어 녹아들고
변덕스러운 날씨는
눅눅한 눈 위에 살얼음을 섞는다.

대기의 시원함이 겨울을 관통하고

대지의 포근함이 봄을 맞이할 때

살얼음 위에 내린 눈송이는

새싹의 달콤한 기운으로 변신한다.

시가 따뜻해지면 좋겠다

눈의 인사

Hi

눈송이가 하늘에서 내려옵니다.
구름 뒤 뜨거운 눈물로 흐르다가
마음속 한랭전선을 만나서
눈으로 변했나 봅니다.

나뭇가지를 향해 달려오더니
몸무게란 없다는 듯 살포시 내려앉았습니다.
연약한 가지가 툭~하고 부러지지 않았다면
눈에 날개가 없다는 사실을 몰랐을 겁니다.

단풍이 들었다고 기뻐하던 잎사귀들을
이제는 떠나보낸 나뭇가지의 쓸쓸함과

변함없이 푸를 거라 자랑하던 잔디의

빛바랜 한숨 소리로 조경된 백색의 정원

그렇게 아름답더니

그리도 포근하더니

저의 겉옷에 내려앉은 눈의 조각은 털려 버려지고

구두에 짓밟혀 지저분해집니다.

생명력을 잃은 눈의 육체는

한없이 쓸쓸합니다.

하루살이 눈은 흩날릴 때가

한평생 저희 삶은 살아낼 때가

가장 아름답습니다.

Bye

노을의 시간

불면의

시간

카페, 성수[*] I

단조로운 거리에 조명이 켜진다.

기계를 돌리던 손길이 커피를 내리고,

기름 빛 검은 추억은 하얀 잔에 담긴다.

커피잔에 담긴 이미지를 눈으로 붙들고 있는데,

따스하게 올라오는 향은 공장의 연기로 피어오른다.

뜨거웠던 기계의 마찰음이 만든 냉수 한 사발의 기쁨은

얼죽아의 얼음이 되어 도시의 밤 풍경을 담는다.

....

* 성수역 주변을 걷는데, 이쁜 카페가 많다.
  원래는 공장이 많았던 지역이라고 하는데,
  몇몇 남은 공장의 흔적들 사이에 현대적 카페가 들어섰다.
  향기로운 커피 향 속에
  기계 소리와 땀 흘리던 모습이 떠올려지는 공간이다.
  과거와 현재가 공존하는 곳
  냉수 한 사발과 아이스 아메리카노가 건배하는 시간이다.

시가 따뜻해지면 좋겠다

카페, 성수 II

커피는 현대인의 성수가 되어
두 손으로 꼭 감싸서 흠향하고,
기도하는 마음은 입술에 모아
생명수를 몸과 영혼에 적신다.

생명수의 고향 –
에티오피아, 콜롬비아– 에 따라
다른 향과 맛을 내고 있음을 설명하는
바리스타의 언어를 비집고,
영원히 목마르지 않은 생수를 꿈꾸던,
여인의 우물가 커피 한 잔이 떠오른다.

이 카페에서도 아니요,
저 카페에서도 아닌,

참된 커피 한 잔을 주리라 하신 바리스타

아니 커피 자체인 분의

흘리신 땀과 피를 떠올려 본다.

별들도 다 기뻐하고,

커피콩들도 모두 두 잎 들고

찬사를 드리는 그 분이 내리시는

한 잔의 생명수

저도 마실 수 있을까요?

불면의 하품 소리

새벽잠과 각성이 연장전을 치르는 시간
밤과 낮의 영토 협약을 비웃기라도 하듯
카페인이 야근하며 숙면의 선을 넘는 순간

이 괴롭힘은 언제 끝날 것인가?
빛이 있을 때만 깨어 있어야 한다는 설명이
그리도 이해하기 어려웠던가?

도시의 밤을 장악한 네온사인도
나름 빛이라는 궁색한 변명도
말똥한 정신을 위로하진 못한다.

양 한 마리는 이미 아흔아홉 마리가 되었는데,
한 마리의 잃어버린 잠은 찾지 못했다.

나이가 들면 아침잠이 없어진다지만,
밤에는 좀 자야 하지 않겠는가!

그래야 꿈나라로 출발도 하지 못한 채
지연 사태를 해결하고자 밤새 서성이는
생각의 꼬리를 자를 수 있지 않겠나!

꼬리 자르기 실패, 각성의 승리
불면의 하품 소리

5G의 시대

잠이 든 핸드폰

불 꺼진 액정 속에서

하루의 생각이 정리되고 있습니다.

기억할 것은 데이터로 정리하고

버려야 할 내용은 휴지통에 넣어둡니다.

내일 아침 기상 전에 비워져야 할 텐데,

이른 새벽에 잠이 깨기라도 한다면,

걸러지지 않은 잔재로

속이 더부룩하게 되고

가슴은 답답해질 거예요.

컴퓨터는 매일의 업무를 완수하는데,

인간은 그렇지 못한 것 같아요.

데이터의 처리는 로켓처럼 빠른데,

감정은 산책하듯 느긋하기만 해요.

잊G 말아야 할 오늘의 교훈

5G 않는 염려 차단하기

G나간 아쉬움은 털어 버리기

밤 말은 G가 들으니, 생각의 보안은! 철저히!

쉽게 잠들G 않는 도시의 밤에서 숙면하기

하루 동안 해야 하는 일이 참 많네요.

지성은 빠른 속도를 추구하지만,

마음은 여유로움이 생명입니다.

빠른 속도 경쟁의 시대에도

느긋한 마음이 정상입니다.

상대적으로 더 느리게 보인다고

마음에 부스터 엔진을 달지 마세요.

심장이 너무 빨리 뛰고

많이 급해지니까요.

각자의 속도가 빨라지니

사람들끼리도 쉽게 부딪치게 되고요.

5G 시대라고

강제로 업데이트시키진 마세요.

마음은 너그러울 때가

가장 아름다우니까요!

불꽃이 침이 될 때

도시의 빌딩 위로 간신히 올라온 불꽃

밤하늘에 피어오릅니다.

정상에 도달하지 못한 폭죽은

해독 불가능한 메아리가 되어

이내 사위어갔습니다.

달리면 닿을 수 있을 것만 같은 거리

뛰어가면 다시 멀어져 있는 불꽃

불꽃은 그렇게 꿈을 꾸게 하고

닿을 듯 뛰어가는 젊음을

응원하고 있습니다.

젊은 시절 꿈꾸던 불꽃을 잡았는가?

스스로 질문해 보면서

폭발하듯 뛰는 힘이 줄어든 심장과

삐거덕거리는 관절에도 불구하고

끝까지 달려보고 싶은 경주가 떠오릅니다.

문득 마주한 불꽃놀이는

잊고 있던 젊은 시절의 꿈과

나른하게 살아가는 뱃살과의 부조화에

따끔한 일침이 됩니다.

별이 빛나는 밤

하늘이 펼쳐진 캔버스 가운데

날카로운 바람소리 한 획을 그린다.

뿌리 없는 불안 큰 숨으로 토해내고

염려의 한숨, 구름 위로 날려 보낸다.

굳은 물감 붓의 위로에 마음을 풀어놓고

방황하는 붓질 저녁 하늘에 빛을 입힌다.

starry night*

하루의 여정이 잠드는 순간

....

*   빈센트 반 고흐의 〈The Starry Night〉

시가 따뜻해지면 좋겠다

밤하늘엔 역시 별이 어울립니다

환한 도시에도 밤하늘이 있습니다.

도시조명이 주인인 양 반짝이는 탓에

밀려난 하늘이 새하얀 속내를 드러내며

별빛을 가려버렸습니다.

후~ 불어서

구름을 좀 치워볼까요?

밤하늘엔 역시 별이 어울립니다.

불야성에 수면제를

어둡던 땅에 탄생한 가로등

별빛을 모방한 조명의 도시

자연의 빛을 AI로 학습한듯

멋드러진 야경의 향연

하늘을 빛내던 별들의 축제

캔버스를 누비던 빛의 색감

화가들의 작품에 초대받아

지친 영혼의 눈망울을 채운다

주도권 내어준 밤하늘

지상에 넘쳐나는 인공조명

별빛을 잃은 메마른 눈동자

노숙하는 빛으로 가득찬 도시

시가 따뜻해지면 좋겠다

잃어버린 빛을 다시 구하려고

하늘을 바라보는데

우주의 바다에서 갓 건진 별빛

야심한 밤, 허기진 마음 채우고

정작 수면제가 필요한 이는

쉽게 잠들지 못하는 도시

과음 금지

빛이 눈꺼풀 사이를 항해합니다.
와인에 취한 오렌지 향이 코끝에 날리고,
미풍이 끼룩끼룩 바다 소리를 냅니다.

신화 속 주인공이 뛰어나올 듯한 장면
꿈이 상상 속에 펼쳐지고,
숨결이 잠의 출렁임을 이겨내면,
새벽이 눈썹에 도착해요.

음식 속에 담겨있는 에너지를
꾸역꾸역 삼켰던 어제의 허기는
뱃속을 방황하는 더부룩함이 되어
귀환을 준비하고 있네요.

꿈속을 넘실대던 돛단배의 멀미와

어제 먹은 음식이 울렁이는 파도는

아침 공기를 맞이하러 나오고

영웅호걸의 호흡처럼 뱉어냅니다.

이내 잔잔해진 위장의 숨결

다시 새-끈 거리며,

새벽잠으로의 항해는 계속됩니다.

토해낸 어제의 기억들

과음 금지

세헤라자데 천일야식

바스락 바스락 날개 소리
비둘기 가족이 창밖에 와 있나 봅니다.
끼루룩 끼루룩 허기진 소리
배가 많이 고픈가 봅니다.
이 도시의 늦은 밤,
새를 위한 편의점이 있을까 모르겠습니다.

편의점을 떠올리니 느껴지는 가짜 허기에
카드를 한 장 챙겨서 문밖을 나서봅니다.

이내 뽈록 올라온 배를 쓰다듬고 있는데,
후회는 저린 왼쪽 다리로
만족감은 경쾌한 오른 다리로 찾아와
뒤뚱뒤뚱 걷고 있습니다.

시가 따뜻해지면 좋겠다

아직도 소리가 나는 듯하여, 창을 살짝 열어봅니다.

혼자만 배부른 것이 미안해서 놀라지 않게 스르르

새 소리라고 생각했는데, 빗방울이 후두두

창틀을 두드리고 있습니다.

밤과 비,

흔들리는 바람이 만들어 낸 조명의 환상과

새 소리에 대한 환청이 이루어 낸

야식의 핑계는

오늘도 진행 중입니다.

to be continued…

야식 금지

자시*에는

자시지 마시고**

자시요.

아침의 신비

회색 하늘이 구름 뒤에 가려져 있습니다.
바람에 흩뿌려진 하얀 물감들 사이로
밤의 부싯돌이 피워낸 어둠의 불씨가
캄캄히 밤으로 타오릅니다.

운명적인 어둠 속을 항해하는 밤의 바다
태곳적 빛을 머금고 출렁이는 구름 파도
흑과 백이 서로 주인공이라며 회색빛 전투를 이어가고
흔들리는 기류 속에서 어둠의 핏자국이 흘러나옵니다.

빛나던 별들을 녹여낸 진한 어둠
파리해진 달빛을 가려버린 뚱뚱한 까만색
회색빛 하늘에 숨어 있다 살며시 빠져나가면
빛만 가득 남은, 눈부신 아침이 됩니다.

아침의 시작

태양이 아침을 깨운다.

풀밭에서 노숙 중인 이슬은

창문에서 비바크[*] 중인 성에를 본다.

잠잠하던 생기는 기지개를 펼치고

새근거리던 혈은 눈을 반짝인다.

정차했던 활기는 손끝에서 출발하고

시차 적응 중인 정신은 신명나게 돌아온다.

기운과 혈액순환

꿀잠과 쉼이 함께 만든

아침의 시작

....

* "bivouac" 텐트 없이 산에서 노숙하며 밤을 지내는 것

변신 by 꿀잠기획

아침에 눈을 뜨니 달라져 있습니다.
카프카의 변신처럼
벌레가 된 것은 아닙니다.

무거웠던 몸이 가벼워집니다.
'잠자'가 느꼈던 거북등 질감은
보드라워졌어요.

지쳐 쓰러진 기억은 남아있는데,
등에 지고 자던 피로의 딱지는
흔적도 없어졌어요.

체중계 숫자는 어제와 같은데
무거운 몸, 부은 얼굴은

어디로 갔을까요?

단 하루의 숙면이 아침의 풍경을

이렇게 변화시킬 수 있다니

매일이 이렇다면 얼마나 좋을까요.

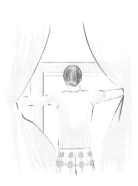

....

* 카프카의 작품인 〈변신〉의 주인공 '그레고르 잠자(Samsa)'

새로 깔린 보도블록 틈새에도 풀은 자라요

사각으로 이루어진 보도블록에는

저의 하루가 담겨있어요.

아침 출근길 발걸음의 경쾌함

출출한 점심시간을 향하는 허기짐

피곤하나 기운 나는 퇴근길의 나긋함

서늘한 밤의 산책에 잦아드는 편안함

각기 다른 시간을 담고 있는 사각 블록에

하루의 모든 감정을 담아보았어요.

오늘의 시간은 또 다른 날과 이어져 있는데,

각각의 블록이 이어져 하나의 길을 이루고 있네요.

지나간 어제, 그리고

다가올 내일

완벽한 하루를 보냈지만,

약간의 틈도 있어요.

불편한 마음에 남겨진 상처,

미안하고 쑥스러운 마음이 녹아내린 모퉁이

작은 상처가 나고 으스러진 자리마다

자그마한 씨앗이 자리를 잡았어요.

잡스러운 감정과 닮은 풀이 자라고,

잡초라는 이름으로 불리는 것을 보면

잘 못 살아낸 제 모습같이 여겨져요.

하지만, 오늘의 힘듦을 나무라지 않을 내일은

부활의 새 아침처럼 밝아 오를 것이고,

상처가 난 어제로 인해 자란 생명체도

미풍을 맞으며 흔들릴 때가 있겠지만

별거 아니라는 듯 손을 흔들고 있을 거예요.

완벽하지 않은 인생의 하루에 피어나

따뜻한 손길의 인사를 건네는 작은 생명체

올 연말에도

제가 걷는 이 보도블록은 다시 파헤쳐지겠죠.

새로 깔릴 블록들 사이에도 약간의 빈틈은 있을 것이고,

잡초의 생명력은 여전할 것이며

철없는 마음들은 다시 미소 짓게 될 거예요.

그러니 일단 오늘의 고민에 굿~밤! 인사하시고

완벽하게 아름다울 내일을 만나세요.

새로운 보도블록은 내년에 또 만나시고요.

불면의 시간

부제副題를 그림 위에 올리는 방법

그림에 담긴 이리 커넬*

푸른 물결에 반사된 하늘의 출렁임

가을 가득한 온기가 내려앉은 단풍

창공을 가로지르는 갈매기의 실루엣

마음을 평온하게 하는 이 그림 어느 곳에

부제를 올려야 할까요?

작은 배 위에 살짝 걸쳐 놓으니

바람결 흔들리는 보트의 생동감이 사그라들고,

강에 비친 화려한 그림자를 덮으니

추억을 풀어내는 붓의 활력이 멈칫거려요.

갈 곳 잃은 글자들이 강물 위를 서성이다

단풍 그림자 없는 한적한 곳에 멈춰 섰어요.

어쩌면, 특별한 색감의 추억을 담고 있는 건

평범해 보이는 오늘일지도 몰라요.

시와 같은 강렬함이 일상이 되는 삶

한 폭 그림이 멋지게 연출되는 오늘,

그 꿈 같은 시간 위에

나를 띄워봅니다.

....

시가 따뜻해지면 좋겠다

초판 1쇄 인쇄 2024년 01월 24일
초판 1쇄 발행 2024년 02월 02일
지은이 이진신

펴낸이 김양수
책임편집 이정은
교정교열 연유나

펴낸곳 도서출판 맑은샘
출판등록 제2012-000035
주소 경기도 고양시 일산서구 중앙로 1456 서현프라자 604호
전화 031) 906-5006
팩스 031) 906-5079
홈페이지 www.booksam.kr
블로그 http://blog.naver.com/okbook1234
페이스북 facebook.com/booksam.kr
이메일 okbook1234@naver.com

ISBN 979-11-5778-632-9 (03800)